ZANNA BIANCA

ILLUSTRAZIONI DI DOMENICO RUSSO

whitestar kids

SOMMARIO

CAPITOLO 1

LA LUPA

Questa storia iniziò con un lungo viaggio nelle terre del Nord, dove ci sono pochi alberi e il ghiaccio ricopre ogni cosa fino all'orizzonte.
Due uomini viaggiavano su una grande slitta trainata da sei forti cani. Le temperature erano così basse da trapassare gli abiti pesanti che avevano addosso, e perfino baffi e ciglia erano ghiacciati. In inverno le ore di luce erano poche: quando arrivava il buio si dovevano fermare e accendere un fuoco, liberare i cani e mangiare pochi fagioli accompagnati da caffè caldo.
Si sentivano osservati e sapevano bene che un grande branco di lupi si trovava lì in agguato.

Il giorno dopo iniziò ad accadere qualcosa di strano, mentre legavano i cani alla slitta.
«Henry, quanti cani abbiamo portato con noi per il viaggio?», chiese uno.
«Che domande! Sei cani, come sempre», rispose l'altro.
«Bene, ce ne sono solo cinque!».
Gli uomini contarono di nuovo: mancava un cane. Era fuggito nella notte? Non potevano aspettare, visto che le ore di luce erano poche, e ripresero il viaggio. Quella sensazione di essere seguiti e osservati c'era sempre...

Quando si fermarono ancora e accesero un fuoco per scaldarsi, videro da lontano degli occhi brillanti che li fissavano. La mattina dopo si accorsero che un altro dei loro cani era scomparso. E così successe il giorno successivo.
«Guarda, Bill!» disse uno degli uomini, «Ecco come fanno: attirano i cani con una lupa e quando uno si allontana da noi lo attaccano e lo divorano». Erano rimasti solo tre cani: la fame aveva sicuramente spinto il branco di lupi a inseguire la loro slitta e a ingegnarsi per procurarsi un pasto.
La lupa era un magnifico esemplare grigio con sfumature color cannella, dallo sguardo intelligente e malinconico di chi è tanto affamato.

Così, con meno cani a trainare la slitta, il viaggio continuava lento e gli uomini si sentivano seguiti. Una mattina, mentre attaccavano i cani alle loro cinghie, la lupa si avvicinò e ne attirò un altro. Bill, allora, prese il fucile e iniziò a seguirla.
«No, Bill, non andare!», urlò Henry mentre lo vedeva sparire tra gli alberi.
Poi si sentirono solo alcuni guaiti e tre spari.
Quindi, più nulla.
In quell'istante capì che anche Bill era perduto.
Da quel momento, i lupi trovarono coraggio e uscirono allo scoperto: mentre l'uomo e gli ultimi due cani camminavano, loro li seguivano senza nascondersi. Le notti diventarono per Henry un vero e proprio incubo: prima che calasse il buio, infatti, doveva trovare un posto vicino agli alberi dove recuperare legna secca che bruciasse fino al mattino dopo. Addormentarsi, però, non era affatto semplice: al di là delle fiamme gli occhi brillanti dei lupi non perdevano una sua mossa e si facevano sempre più vicini.

La lupa, soprattutto, era la più coraggiosa
e non aveva paura nemmeno delle fiamme
pur di avvicinarsi alla preda.
Henry si legò perfino un ramo infuocato al
braccio per evitare di dormire, ma gli occhi
si chiudevano e non riusciva a tenerlo sveglio
nemmeno il guaito dei cani.
Quando pensava che tutto fosse perduto,
si accorse che i lupi, che da ore lo accerchiavano
minacciandolo, erano spariti.
Da lontano si sentivano uomini gridare e cani
abbaiare: ecco due slitte!
L'uomo fu così portato in salvo.

Il branco, che era fuggito all'arrivo degli uomini, era affamato. Proprio la terribile fame dell'inverno aveva spinto i lupi a unirsi, correndo su neve e ghiaccio alla ricerca di prede. Dopo due giorni senza cibo, i lupi videro un alce.
La stazza dell'animale poteva essere pericolosa, ma il branco si avventò comunque all'attacco, riuscendo a mangiare. Una volta sazio, il gruppo di lupi si divise. La lupa era seguita da tre maschi: il capobranco, un giovane lupo e uno più vecchio, dal muso pieno di cicatrici e senza un occhio.
Ora che i morsi della fame non li distraevano più, i tre lupi volevano conquistare la femmina, ma per farlo dovevano affrontarsi: così, mentre la lupa li osservava, i maschi si attaccarono sino a quando non ne restò uno soltanto: il vecchio lupo senza occhio. Insieme, lui e la lupa si misero in cammino fino a raggiungere il fiume Mackenzie.

Vicino al fiume sentirono voci umane e odore di legna bruciata: era un insediamento indiano. La lupa non ne era spaventata, e sembrava voler rimanere lì vicino, come se cercasse qualcosa. Un giorno trovò un grande albero dal tronco cavo: riuscì a passare da un buco tra le radici e a entrare in uno spazio vuoto, dove si raggomitolò. Il giorno dopo, non volle lasciare l'albero e il lupo andò a caccia da solo, ma non trovò nulla. Affamato, tornò dalla femmina, che gli ringhiò contro: aveva accanto cinque corpicini tremanti.

Il lupo, da quel giorno, andò a cercare da mangiare per tutti, fino a quando, spinto sempre più lontano dalla mancanza di cibo, non tornò più. La lupa smise così di allattare i piccoli e lasciò la tana in cerca di cibo. Purtroppo, solo uno dei cuccioli riuscì a sopravvivere: grigio come il lupo con un solo occhio, sveglio e vivace come la madre, aspettava il ritorno della lupa e del pasto. Anche se era nato da poco e da ancora meno aveva iniziato a vedere, sapeva bene che non avrebbe dovuto avventurarsi fuori dalla tana protetta in cui si trovava, al di là di quella parete di luce oltre la quale la mamma spariva.

CAPITOLO 2

IL CUCCIOLO

Quando il lupetto rimaneva solo nella tana scura, la luce che veniva da fuori sembrava chiamarlo. Sapeva bene che non avrebbe dovuto allontanarsi dal posto in cui si trovava, ma la voglia di uscire verso gli odori che sentiva in lontananza era troppo forte. Così, un giorno si avvicinò sempre di più alla luce fino ad attraversarla. Non fece in tempo ad abituare gli occhi alla luminosità dell'esterno dopo settimane vissute nella penombra, che le zampette posate sulla terra non trovarono più appigli e lo fecero ruzzolare in basso, dove atterrò, guaendo, nell'erba.
Il prato era morbido e davanti a lui uno strano animale peloso - uno scoiattolo, che il lupetto ovviamente non aveva visto - fuggì verso il ramo di un albero.

Gli odori erano tanti e tutti da annusare: il cucciolo respirava e il suo naso si riempiva di sensazioni che gli sarebbero servite a riconoscere in futuro quello a cui si poteva avvicinare e quello da cui doveva restare alla larga. Nella sua prima esplorazione del bosco il lupetto imparò che esistevano cose vive e mobili, che potevano spostarsi, ma anche provocare dolore, e altre cose non vive e immobili. Anche i rumori erano tanti, e indicavano la presenza degli esseri viventi che potevano essere cacciati. Per caso, si trovò in mezzo a un cespuglio dove c'era un nido di pernici, con i piccoli che pigolavano e, senza sapere che cosa fossero, li mangiò tutti.

Spinto dall'istinto, quella fu la prima esperienza in cui imparò a procurarsi il cibo. Subito dopo venne attaccato da mamma pernice, arrabbiatissima per la perdita dei suoi piccoli, e per la prima volta dovette combattere.

Non era facile difendersi da quella furia alata e da quel becco aguzzo che lo colpiva, ma nella zuffa il cucciolo scivolò fuori dal cespuglio e riuscì ad addentarle un'ala, mettendola in fuga.

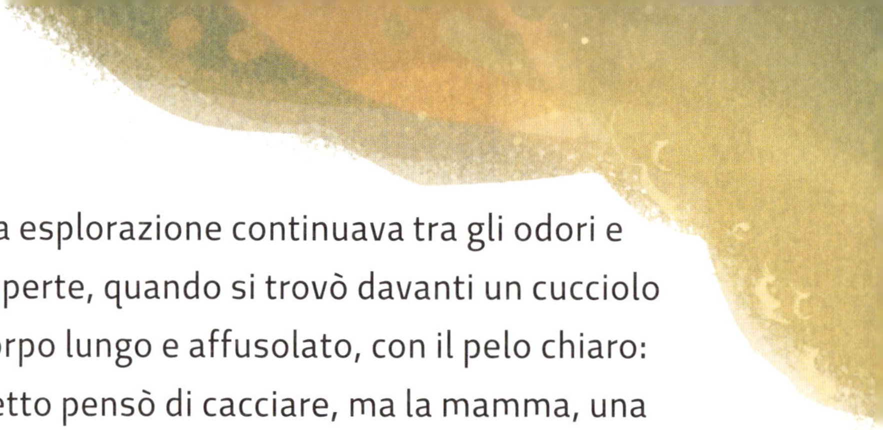

La sua esplorazione continuava tra gli odori e le scoperte, quando si trovò davanti un cucciolo dal corpo lungo e affusolato, con il pelo chiaro: il lupetto pensò di cacciare, ma la mamma, una donnola, andò in soccorso del suo cucciolo e, dopo averlo messo al sicuro, tornò per attaccare il lupetto. I denti acuminati della donnola adulta gli fecero malissimo ma... mentre il lupetto piangeva disperato, ecco sua madre che arrivò a salvarlo: la lupa si liberò della donnola e lo riportò al sicuro nella tana dell'albero, in cui poté finalmente riposare. Dopo quella prima, incredibile avventura, il piccolo lupo seguì la madre molte altre volte nel bosco, imparando tantissime cose sul mondo e sulla vita libera e selvaggia della sua specie.
Un giorno in cui camminavano nel bosco sentirono strani rumori: il cucciolo vide, in una radura, cinque grandi animali.

Non aveva mai visto nulla di simile: camminavano su due zampe ed erano molto alti. Emettevano, poi, suoni sconosciuti e capì che erano diversi da qualunque animale avesse mai incontrato. Sua madre non li attaccò, ma corse nella radura e si accucciò, muovendo la coda. Uno dei grandi animali a due zampe l'accarezzò sulla testa. «Kiche, è Kiche! Lo scorso anno era fuggita, pensavo che non l'avrei mai più rivista! D'altronde è la figlia di un cane e di una lupa, la sua natura è selvaggia».
Il lupetto si avvicinò timidamente alla madre. Il grande animale lo prese e lui gli mostrò

i denti. «E questo piccolino? È un lupo! Lo sapevo Kiche, te ne sei andata con i lupi e hai avuto un bel cucciolo. Che bei dentini bianchi, ti chiamerò Zanna Bianca!». Il grande animale lo mise a zampe all'aria, una posizione un po' scomoda per il lupetto, ma poi gli accarezzo la pancia: che bello! Gli altri presero un lungo bastone e vi legarono la madre del cucciolo. Intanto, la radura si era riempita di altri grandi animali, tra cui femmine e anche piccoli: tutti camminavano su due zampe e lo accarezzavano. Quando si misero in cammino, scortati da sua madre che era legata, il lupetto li seguì. Alla fine del viaggio, furono costruite delle tane con lunghi bastoni intrecciati, ricoperti di pelli.

Il cucciolo, che era stato lasciato libero accanto alla madre, annusava e premeva con i denti quel materiale per lui nuovo. Poi, conobbe i suoi simili: nel campo indiano, erano molti i cani che si aggiravano tra i tepee. Un cucciolo poco più grande di lui, Lip Lip, era un vero attaccabrighe: appena poteva lo attaccava, mordendolo a più non posso e, nonostante lo spirito coraggioso, Zanna Bianca non riusciva mai a tenergli testa e tornava ogni volta guaendo al fianco della madre che era legata accanto a una tenda. Al cucciolo piaceva andare in giro nel campo e diventò un furbissimo predatore di carne e pesce che le donne lasciavano a essiccare.

La sua semplice esistenza, però, era oscurata dalla minaccia del terribile Lip Lip che non perdeva occasione di morderlo. Quando tolsero alla madre la corda che la legava, il piccolo era sicuro che avrebbero ripreso la via dei boschi, per tornare alla loro tana. La lupa, tuttavia, rimase al suo posto e non guardò neppure nella direzione della foresta.
Uno degli uomini, Castoro Grigio, per saldare un debito diede a un uomo una pelle d'orso, un tessuto rosso, e Kiche. Quando lo sconosciuto mise sua madre nella sua canoa e prese il largo sul fiume, Zanna Bianca si lanciò in acqua all'inseguimento.

Castoro Grigio però lo raggiunse con una canoa e lo riacciuffò, costringendolo a tornare al campo.
Invece di fuggire, il piccolo decise di rimanere in cattività in attesa che la madre, prima o poi, ritornasse da lui.

CAPITOLO 3

IL GIOVANE LUPO

La vita al campo indiano non era facile per Zanna Bianca. A poco a poco, divenne sempre più solitario e feroce: forse, se avesse ricevuto più affetto e più carezze da parte degli animali-uomini, il suo giovane cuore si sarebbe aperto e avrebbe conosciuto quel sentimento che nasce da un legame affettivo. Invece, il giovane lupacchiotto si trovava a doversi difendere dai denti dei cani più anziani e da quelli degli altri giovani, come Lip Lip, che non lo lasciavano mai tranquillo e lo facevano sempre stare sull'attenti. La sua natura di lupo si sviluppò così sempre di più, facendolo diventare un animale dagli attacchi fulminei, da cui era meglio stare lontani.

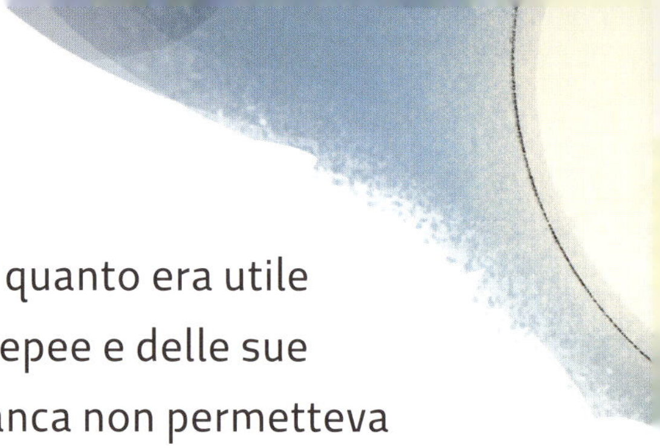

Castoro Grigio si accorse di quanto era utile lasciarlo a guardia del suo tepee e delle sue proprietà, perché Zanna Bianca non permetteva a nessuno di avvicinarsi: questo però costringeva il lupo a rimanere ancora più isolato dai cani e dagli umani. Quando decisero che il campo sarebbe stato spostato con l'arrivo della nuova stagione, il lupacchiotto fuggì per tornare in libertà. Si nascose in un cespuglio molto folto e resistette quando Castoro Grigio lo chiamò prima di partire. Solo quando scese la notte, uscì dal nascondiglio.

Dove fino a poche ore prima c'era un vivace campo di tende, ora vedeva solo fango e immondizia, illuminati dalla luce della luna. Annusando, il giovane lupo trovò il punto esatto

in cui sorgeva il tepee di Castoro Grigio e si sentì solo e impaurito: lì, per la prima volta, ululò alla luna tutta la sua malinconia.
Non aveva alcuna voglia di andare nel bosco e vivere libero come aveva fatto con la madre nelle prime settimane di vita: voleva tornare dagli animali-uomini, dove avrebbe sempre trovato un pezzo di carne o di pesce e un fuoco caldo accanto a cui dormire.
Guaendo e seguendo la scia odorosa lasciata dalla tribù, Zanna Bianca si mise a correre.

Proseguì per due giorni senza mai fermarsi, anche quando le zampe cominciarono a sanguinare e a fare male. Castoro Grigio, fortunatamente, decise di fermarsi per la notte dopo aver cacciato un grosso alce. Il lupo, così, riuscì a raggiungerlo: si avvicinò all'uomo appiattendosi al suolo e mostrandosi sottomesso. Temeva di ricevere una punizione per essere fuggito, ma Castoro Grigio non fece altro che dargli un pezzo di grasso di alce. Zanna Bianca era abbastanza grande e forte per essere

bardato e legato alla slitta di betulla con altri cani: la sua forza e la sua velocità lo resero un ottimo animale da traino, sebbene si notasse che era più lupo che cane. Anche il suo corpo era diverso, non solo per il colore grigio del suo pelo, ma anche per le sue forme magre e muscolose.
Nel nuovo campo appena allestito, Zanna Bianca incontrò Kiche: dopo un primo attimo di smarrimento, le andò incontro gioiosamente, ricordando i momenti trascorsi insieme liberi nella foresta. La lupa, però, non ricordava il suo piccolo ormai cresciuto, ma vedeva davanti a sé solo un giovane esemplare che minacciava la sua cucciolata appena nata: per questo lo morse per ben due volte, facendolo allontanare.
In quel momento anche Zanna Bianca si dimenticò di Kiche, che divenne solo una delle femmine di cane presenti nel campo.

Zanna Bianca cresceva solo, mostrando fedeltà unicamente a Castoro Grigio poiché lui gli dava il cibo, ma gli impartiva anche punizioni dolorose. Arrivò l'inverno, e anche una grande e terribile carestia, che colpì indifferentemente uomini e animali. I bambini e le donne rimanevano nelle tende, mentre i cacciatori si affannavano, sempre più deboli, nel cercare carne o pesce che stentavano a trovare. I branchi di lupi si aggiravano famelici, minacciando animali e umani, ma Zanna Bianca non si unì mai a loro come era successo a sua madre. Tuttavia si allontanò dal campo e affinò la sua tecnica: era capace di attendere immobile per ore che uno scoiattolo si avventurasse a terra per balzargli addosso e divorarlo. Arrivò a combattere con feroci donnole e pericolose linci, che lo attaccavano

con i denti aguzzi e con zampate in grado di lacerare pelo e muscoli. Un giorno, in mezzo alla neve, il giovane lupo si trovò di fronte a Lip Lip: il cane non era più baldanzoso e attaccabrighe ma tremante e debole. Zanna Bianca invece aveva lo stomaco pieno grazie alla sua abilità ed era forte. Non aveva dimenticato gli attacchi che aveva subìto quando era solo un cucciolo appena arrivato al campo indiano: i due si affrontarono senza pietà e il lupo ne uscì vincitore. Quando fece ritorno alla tenda di Castoro Grigio, lo accolsero grida di giubilo che lo salutarono: la carestia era finita e la tribù era tornata in salute. L'uomo gli diede un osso con lunghi pezzi di carne da rosicchiare e da quel giorno Zanna Bianca riprese il suo posto.

Castoro Grigio decise di metterlo alla guida dei cani che trainavano la sua grande slitta. Questo causò un odio ancora più profondo tra il lupo e gli altri cani, che gli vedevano dare dal padrone i pezzi di carne e di pesce più pregiati e che quindi durante le corse lo inseguivano ferocemente, facendolo sentire costantemente braccato. Il lupo, all'età di cinque anni, era sempre più solo e incattivito: non si sentiva vicino a nessuno, animale o umano, perché nessuno gli aveva mai mostrato altri sentimenti che non fossero indifferenza o rabbia, violenza e punizioni. Questo lo rese feroce nei confronti della sua stessa razza, un vero e proprio nemico degli altri cani che lui attaccava senza preavviso nei momenti in cui non era legato alla bardatura della slitta.

Quando i proprietari dei cani feriti si lamentavano, Castoro Grigio difendeva Zanna Bianca e non lasciava che venisse punito.

CAPITOLO 4

IL COMBATTENTE

Castoro Grigio venne a sapere che molti uomini bianchi viaggiavano fino a Fort Yukon per cercare oro nelle foci del fiume. Così, riempì la sua canoa di pelli e altre merci, e decise di raggiungere la città per venderle. Zanna Bianca era con lui. Per la prima volta il lupo si trovò in un luogo in cui gli umani non vivevano in tende, ma in edifici fatti di legno, ed erano diversi dagli indiani che aveva sempre visto. Mentre Castoro Grigio era impegnato nel commercio, il lupo non trovò altro sfogo che combattere con i cani. Non solo quelli da slitta, ma anche con razze mai viste che arrivavano con i turisti che una volta a settimana scendevano dal piroscafo che attraccava al porto.

Quei cani non erano abituati alla dura vita a contatto con la natura selvaggia e si ritrovavano indifesi di fronte ai fulminei attacchi del lupo. I loro padroni fuggivano a gambe levate da quel diavolo grigio e tornavano alla sicurezza dell'imbarcazione. Dopo qualche tempo, alcuni degli abitanti del luogo cominciarono a riunirsi quando il piroscafo giungeva nel porto in attesa di vedere se Zanna Bianca avrebbe colpito. Tra loro, in particolare, c'era il cuoco della città.

Era un uomo mingherlino e dalla testa piccola, con radi capelli biondicci e occhi azzurri molto distanti l'uno dall'altro: la vita non era stata buona con lui e da anni veniva preso in giro per il suo aspetto e chiamato "Smith il Bello". Questo lo aveva reso amareggiato e cattivo, perciò si compiaceva a vedere il lupo balzare su un cane indifeso ed era sempre il primo ad accorrere per assistere ai suoi agguati. Smith il Bello un giorno andò alla tenda di Castoro Grigio; Zanna Bianca non si fidava di lui: ne avvertiva la natura crudele e quindi si allontanò con il pelo ritto sul corpo. Vide che l'uomo parlava con l'indiano e che il padrone scuoteva le testa dicendo di no.

Castoro Grigio non avrebbe mai venduto il suo lupo e non aveva bisogno di denaro perché il suo commercio a Fort Yukon era stato eccellente. Smith il Bello però non si diede per vinto e continuò a presentarsi alla tenda dell'indiano con offerte sempre diverse. Ottenne qualche risultato solo quando gli portò una bottiglia piena di uno strano liquido: Castoro Grigio cominciò a bere e, a poco a poco, non riuscì più a smettere. Quel liquido era whiskey: chi non era abituato a berlo ne rimaneva facilmente schiavo, e questo accadde anche a Castoro Grigio che, poco alla volta, vendette tutto quello che aveva guadagnato nei mesi precedenti. Quando Smith il Bello arrivò con una cassa di whiskey, Castoro Grigio prese un lungo laccio di cuoio e legò il lupo, consegnandolo all'uomo che lo trascinò fino all'interno della città e lo legò a un palo.

Durante la notte Zanna Bianca rosicchiò la cinghia e tornò fino alla tenda di Castoro Grigio: non era certo per amore, ma per l'obbedienza che gli aveva giurato negli anni precedenti. Il vecchio padrone però lo legò nuovamente e lo riportò alla cittadina.
Con un lungo e pesante bastone Smith il Bello picchiò duramente il lupo. L'animale provò a fuggire ancora, e ancora fu riportato dal suo nuovo padrone che lo mise in catene e lo punì.

Smith il Bello era un uomo malvagio, e ben presto capì che nulla faceva arrabbiare di più Zanna Bianca che prenderlo in giro. Un giorno, il lupo si ritrovò chiuso in uno spazio delimitato da uno steccato e un grosso cane gli fu spinto davanti, mentre alcuni uomini lo incitavano gridando. Zanna Bianca non capiva che cosa stesse accadendo, ma al primo cenno di ostilità da parte del cane lo attaccò: fu quello il primo di una lunga serie di combattimenti a cui il suo nuovo, crudele padrone lo costrinse per guadagnare denaro.

Presto il nome del lupo grigio divenne famoso nell'intera regione e arrivarono numerosi individui senza scrupoli con i loro cani feroci per vederli combattere all'ultimo sangue contro di lui. Zanna Bianca, però, non veniva mai sconfitto: quando lo vedeva in difficoltà, Smith il Bello lo prendeva in giro per risvegliare

nel lupo istinti terribili e portarlo alla vittoria.
Quando in città giunse un uomo con il suo bulldog, imbattuto in vari scontri nel Paese, le scommesse sul combattimento tra il cane e il lupo arrivarono a cifre altissime.
Quando Zanna Bianca si trovò di fronte quel cane basso e largo che scodinzolava con un moncherino di coda alle incitazioni degli spettatori, rimase molto perplesso, ma cominciò comunque ad attaccare.

Non era facile per lui morderlo, con tutta quella pelle, e quando le larghe mascelle del bulldog si chiusero attorno al suo collo, per Zanna Bianca fu l'inizio della fine.
Nessuno si avvicinò per aiutarlo, nemmeno Smith il Bello che imprecava assistendo allo spettacolo. All'improvviso si fermò una slitta trainata da una lunga fila di cani, da cui scesero due uomini. Uno, in particolare, alla vista di quanto stava succedendo si avventò sul bulldog e riuscì ad aprirgli le mascelle per salvare il lupo in punto di morte.

Quando Smith il Bello tentò di opporsi, l'uomo gli lanciò del denaro.
«Non sei degno di questa creatura!», gli disse duramente, «Da questo momento è mia».
Il nome di quell'uomo era Weedon Scott: con il suo aiutante Matt portò il lupo nella casa che aveva affittato e gli diede cure e cibo.

Zanna Bianca non si fidava dell'uomo e si aspettava che lo picchiasse con un bastone. Nonostante l'aiutante suggerisse a Scott di non avvicinarsi al lupo, lo fece. La prima volta, il lupo morse la sua mano, ma l'uomo non si vendicò né lo punì. Poi, iniziò ad accarezzarlo: a ogni movimento della sua mano sulla testa e sul manto, Zanna Bianca emetteva un brontolio sommesso e minaccioso, ma non attaccava. Weedon continuò per giorni a dargli pezzi di carne, finché il lupo non si fidò abbastanza per mangiare direttamente dalle sue mani. E continuò ad accarezzarlo fino a quando Zanna Bianca non solo sopportò di essere toccato, ma ne trasse per la prima volta nella sua vita piacere e affetto.

CAPITOLO 5

IL LUPO INNAMORATO

Zanna Bianca diventò un lupo diverso: non nei modi, che rimasero freddi e minacciosi per chiunque, animale o umano, gli si avvicinasse. Dentro di sé iniziò a provare una cieca fedeltà per Weedon Scott: ogni giorno rimaneva a guardia della sua casa, che lui considerava preziosa perché di sua proprietà. Anche Matt, per il lupo, apparteneva a Scott ed era quindi da difendere, come i suoi cani che imparò a non attaccare. Solo Weedon riuscì a metterlo a capo della lunga fila di cani che trainavano la sua slitta nella regione in cui l'uomo lavorava per la compagnia mineraria. Quando Weedon si allontanò per una settimana, Zanna Bianca smise di mangiare e rimase in casa, sulla soglia, in attesa del suo padrone, ululando ogni notte per la sua perdita.

Matt pensava che sarebbe morto di crepacuore, quando finalmente Scott fece ritorno.

In pochi giorni, il lupo si rimise in forze e diventò un'ombra per Weedon, un amico inseparabile. Aveva capito che, quando il padrone preparava una valigia riempiendola con i suoi averi, significava che stava per allontanarsi da lui. Con la sua grande intelligenza, dunque, capì perfettamente quello che stava succedendo quando Weedon cominciò a impacchettare tutti gli abiti, tutti i libri e tutti gli oggetti che aveva in casa. «Questa volta temo ne morirà», disse Matt. «Forse se ne farà una ragione», rispose speranzoso Scott, «d'altronde non posso certo portarlo in California con me, non si abituerebbe mai al clima di quelle terre».

Il giorno della partenza arrivò: Weedon accarezzò a lungo il lupo, poi se ne andò, lasciandolo in casa e assicurandosi che entrambe le uscite fossero ben chiuse. Una volta salito sul piroscafo attraccato al porto, salutò Matt. Solo allora si accorse che Zanna Bianca era salito a bordo, sanguinante. «Accipicchia, è saltato attraverso il vetro di una finestra!», commentò stupito, poi salutò nuovamente Matt che capì che l'uomo non aveva alcuna intenzione di lasciare il lupo in Canada.

San Francisco, con i suoi alti palazzi e i cavalli, i tram rumorosi e la folla da ogni parte, terrorizzò il lupo. Fortunatamente, Scott si trattenne poco in città e andò a Sud, dove viveva la sua famiglia. Nella grande casa abitavano il giudice Scott e la moglie, genitori di Weedon, le sue due sorelle e sua moglie Alice con due bambini.
Non appena il lupo arrivò, faticò a non litigare

con il cane da pastore che stava nel cortile e che abbaiava furiosamente: non lo attaccò solo perché era una femmina. Lei, invece, sembrava non sopportarlo perché intuiva la sua natura selvaggia. Anche il resto della famiglia Scott era intimorita dal lupo, che borbottava sommessamente ogni volta che uno dei parenti abbracciava Weedon per dargli il bentornato.

Nelle settimane che seguirono, Zanna Bianca dovette imparare una serie di nuove regole. Una, per esempio, riguardava i polli: non poteva mangiarli, né quando erano chiusi nel loro pollaio né tantomeno quando razzolavano per il cortile. Lo stesso valeva per i cani e i gatti della famiglia, ma anche per gli animali degli abitanti della vicina cittadina in cui qualche volta si avventurava al fianco del padrone. Sopportava anche le prolungate carezze dei bambini, perché sapeva essere molto cari al suo padrone e quindi anche a lui. Con Collie, la femmina di cane pastore, il disaccordo continuò a lungo; poi, un giorno, comprese che la femmina non lo mordeva più per ostilità, ma per giocare, e la seguì nelle campagne intorno alla tenuta come sua madre Kiche anni prima aveva fatto con il vecchio lupo guercio.

L'amore per il suo padrone non diminuiva, anzi si rafforzava con il passare del tempo. Per Zanna Bianca era vitale difendere lui e la sua famiglia, i suoi averi e la sua proprietà anche a costo della vita. A un tratto, un grande pericolo si fece strada nel vicinato: dalla prigione della contea era fuggito un galeotto, Jim Hall. Quell'uomo, reso folle dal duro trattamento subìto in carcere, vedeva un solo colpevole per la sorte che gli era toccata: il giudice Scott, il padre di Weedon, che lo aveva condannato in un processo giudiziario. Per questo motivo, una notte si introdusse furtivamente nella casa in cui dormiva la famiglia Scott.

Ogni sera, prima di andare a letto, la moglie di Weedon faceva entrare di nascosto il lupo che rimaneva a riposare ai piedi delle scale che portavano ai piani superiori, dove si trovavano le stanze da letto. Quando Jim Hall, silenzioso come un'ombra, mise un piede sul primo gradino di quella stessa scala, dal buio una belva lo aggredì. Nella casa risuonarono dei colpi di pistola e delle urla: Zanna Bianca aveva difeso il suo padrone, ma era in fin di vita. Il giudice si rivolse subito al veterinario e poi decise di portare il lupo in città perché ricevesse le migliori cure possibili.

Tornato a casa, furono le donne della famiglia ad aiutarlo perché potesse riprendersi al meglio. E fu così che il lupo, anche se profondamente ferito, riuscì a rimettersi in forze. In un pomeriggio assolato, Weedon lo portò lentamente nel giardino perché prendesse un po' d'aria. In mezzo al prato, Zanna Bianca vide Collie attorniata da grossi cuccioli. Nonostante il nervosismo della madre, Scott ne avvicinò uno al muso del lupo, che cominciò istintivamente a leccarlo. Quindi si sdraiò sull'erba a dormire, finalmente circondato dall'amore che gli era sempre mancato, soddisfatto e sereno.

ILLUSTRATORE

Domenico Russo è illustratore e concept artist e ha anche esperienza come scenografo e location designer per varie produzioni animate. Ha studiato animazione alla Nemo Academy di Firenze e alla Stephen Silver Drawing Academy di Los Angeles e oggi insegna layout e composizione 2D.

ADATTAMENTO TESTI
Altea Villa

PROGETTO GRAFICO
Valentina Figus

Piazzale Luigi Cadorna, 6
20123 Milano, Italia
www.whitestar.it

ISBN 978-88-540-5489-9
1 2 3 4 5 6 28 27 26 25 24

Stampato in Turchia